# LA
# MORT DE
## ROGER, TRAGEDIE.

*QUI EST LA SUITTE*
*des Tragedies de Rhodomont.*

## A TROYES,

Chez Vue Girardon, demeurant en la grand
ruë, pres l'Afne nay é.

1675

# ARGVMENT DE LA TRAGEDIE
## de la mort de Roger.

APres la mort de Rhodomont, Charlemaigne & tous les Princes François ioyeux au possible d'vn si beau coup par la main de Roger, ne laissét pourtât d'acheuer ce qui estoit commencé, a sçauòir les nopces de Roger & de Bradamáte, Genelon qui auoit esté chassé de la court pour quelque trahison descouuerte, promet se venger du tort sur la race d'Aymon & ne pouuât trouuer meilleur occasion énuoye a Vlien vn des parens de Rhodomôt, que s'il veut vengeáce de son ennemy qu'il viéne auec vne puissante armée, & qu'il luy aydera de tout ce qu'il pourra : mais le messager fut arresté passant par la terre d'Alcine, Maistresse autres-fois de Roger, & ayant entédu l'occasion de ce voyage, le renuoye en diligence, luy promettant que son Maistre sera satisfaiⁱct par le sang de son ennemy, ce qu'elle executa, cár venant en France s'accoste de Ganelon, vont desguisez en Bulgarie, & trouuant les armes de Roger les enchantét d'vne telle façõ qu'vne Catte pourroit estre plᵒ resistáte aux coups que son arme, ou ayã fait ce perfide dessein se departét, & sórvne leuée de queques Soldats pour luy dresser vne embuscade dás la Forest de Potiers, ce qui fut incontinent executé, car le pauure Prince ayát entendu ( qui fut encor inuention d'Alcine) par que que courrier que Bradamante estoit fort maláde Paris, part incõtinent, prend ces armes, & passát par l'embusche qu'on luy auoit dressée, trouue la rencontre de Ganelon & d'Alcine, ou de premiere abordade son espée pit entre ces mains, & son harnois percé en plusieurs lieu & fut tué miserablemét, ce discours est amplemét traiⁱ en l'Arist ote dont il est tiré.

# LA MORT DE
## ROGER, TRAGEDIE.

## LES ACTEVRS

| | |
|---|---|
| Charlemagne. | Guidon. |
| Roger. | Bradamante. |
| Aymon | Ganelon. |
| Rollant. | Anseaulme, Compte de |
| Leon. | Haute-fueille. |
| Doralice. | Temprise. |
| Regnault. | Alcine. |
| Marphise. | Escuyer d'Alcine. |

## ACTE PREMIERE.

### Charlemaigne commence.

Apres tant de traurux & de peines souffertes
De discours furieux, de ruines, de pertes,
Apres tant de mal'heurs, tant de sang espanché,
qui a mis si long-temps sans qu'il fust estanché

Qui naissoient par nos champs, il estoit raisonuable
D'esgayer les François de plaisir memorable
A la posterité & que nos successeurs
Admirent estonnez nos admirables grandeurs
L'auarice est blasmée en la grandeur Royalle,
Et la grandeur se doit demonstrer liberalle,
S'il y a dans la court quelqu'vn dont le desir
Ne soit point satisfait à son entier plaisir,
Qu'il vienne qu'il paroisse, & le grand Dieu i'atteste
Qu'il sera satisfait, ie veux qu'en ceste feste
Chacun reste content, Marphise & son guidon
Ne se plaignent de moy, Coralice & Leon
Conioient mignardement vont contentant leurs armes
Bruslée a l'enuy des amoureuses flammes,
Toy Roger mon cher fils, pour le certain ie crois
Que tu vas contentant ton ame dans les loix
De ce sainct Hymenée, & que ta Bradamante
En ce plaisant deduit tout à fait se contente
Par l'admirable mort du puissant Roy Darger,
Nous auons commencé tes nopces mon Roger
Et ores par la mort du Roy de Circassie
Le finist le plaisir que mon cœur associe.

### Roger

Sire pour mon subiect vos liberallitez,
Vostre honneur se demonstre ores de tous costez,
Ou le soleil luisant va demonstrant sa flamme,
E ores ie serois vn corps sans cœur, sans ame,
Si i'estois mal content, veu que sans meriter
Il vous a pleu tels biens, tels honneurs me porter,
Tant de Princes, de Rois, tant de diuines Dames,

Qui nous ont guerroyez, soit d'effet soit de charmes
Qui ont veu voftre Court, de leurs lointains pays,
De vos graces & droicts feurement aduertis,
Et qui ont tant de vous receu de courtoifies,
Bien qu'ils ayent de vous les ames fort faifies
Pourtant c'eft moy qui dois vous eu remercier,
Tout s'eftant fait par moy & vous teftifier,
Atteftant fes Seigneurs que deformais l'efpée
Que ie porte en mes flancs ne doit eftre occupée
Qu'a voftre feul fubiet, & des Bulgariens
Le fceptre triomphant que maintenant ie tiens
Les efforts, les moyens, les bandes aguerries
Toufiours s'oppoferont aux cruelles furies
Des haineux de la France, & iufques à la mort
Roger ira fuiuant de vos François le fort.

### Charlemaigne.

Mon fils ie m'en affeure, & crois que ma puiffance
Te feruira toufiours de fupport, de deffence,
Les princes que voicy, compagnant mon defir
Se trouueront vers toy, de mefme amour faifir :
Mais qui entreprendroit, qui auroit cefte audace
D'affronter vn Regnault, feul honneur de ta race,
Vn hardy Richardet, & puis voi'a Rollant
Deffenfeur de ton fceptre enuers tout affaillant.

### Aymon.

Sire, vous fçauez bien que de Conftantinople
L'Empereur fans raifon le fceptre d'Andrinople
Veu. ioindre auec le fien, & de ce beau pays
Il a plufieurs cantons furpris & enuahis,
Il aura bon befoin du fecorrs de la France,

Pour faire à Constantin dedans bref resistance,
### Rollant.

Aymon soyez certain que le Sceptre Royal
De Bulgare à gaigné mon estoc Durandal.
Qui trenche comme il faut, que l'Empereur de Grece
Assaille Bellegrade, il verra ma proüesse
Qui marchera vers luy, & si le Camp François
Est aussi valeureux que celuy des Gregois.

### Leon.

N'est-ce pas m'offencer que parler de la sorte,
Quoy, c'est le deffier de l'amour que ie porte
Aux vertus de Roger, si ie suis son amy
Mon Pere sera-il doncques son ennemy ?
Non, non, asseurez vous en tout de Bulgaire,
Asseurez vous d'auoir toute la Seigneurie
Que mon Pere detient, soyez seur que iamais
On ne verra fausser entre nous ceste paix.

### Bradamante.

Et quoy ? qu'auons nous faict, mon aymable Roger
A ces Princes, qu'ainsi ie les vois s'obliger
A secourir l'Estat, le Sceptre d'Andrinople,
L'vnique successeur du grand Constantinople
Nous donne ses faueurs, qui en ce surmontant,
Va tant d'affections deuers nous arrestant.

### Aymond.

Mais il est de besoin & vtile qu'vn Prince
Nouuellement esleu dedans vne Prouince ;
Aisle de son estat prendre possession,
Si ce vous le sçauez, & qu'vne occasion
Facillement le trouue, c'est pourquoy ie desire

Qu'il aille en Bulgarie, & renge son Empire
Ainsi qu'il appartient.

### Roger.

Sire, il est grand besoin
que d'vn sceptre nouueau on regarde le soin,
Donnez moy donc congé, Sire ie vous supplie.

### Charlemaigne.

Roger, puis que tu as ceste louable enuie,
Et que ie vois à l'œil ceste necessité,
Va ainsi que le vent ta sage volonté,
Disposant à iamais du royaume de France
Et de tous les moyens qui sont en ma puissance.

### Roger.

Sire puis qu'il vous plaist m'accorder maintenant
Congé, ie partiray & tout presentement
Ie desire asseurer mon Sceptre & ma Couronne.

### Leon.

Sire, puis que Roger de son depart ordonne,
Comme estant mon chemin ie veux l'accompagner
Iusques dans Bellegrade, & luy veut tesmoigner
Au dedans ses pays vne ferme alliance,
Doncques ie partiray auec vostre licence.

### Charlemaigne.

Allez mes chers enfans, & qu'à iamais les Cieux
Vous soient en tous vos faits benings & gracieux.

### Aymon.

Ie m'en vay les conduire, & quand de Bulgarie
I'auray veu tout l'Estat, toute la Seigneurie,
Ie reuiendray vous voir.

La mort de Roger.

Adieu donc puissant Roy,
Pour auoir tant versé de graces dessus moy.
Puisse le Ciel, amy, preseruer vostre teste
            Charlemaigne.

A dieu, approchez tous, & que i'aille enlassant
Mes bras autour de vous, & que le sort nuisant
Ne vous puisse iamais ny nuire, ny malfaire,
Adieu trouppeau sacré, qui tout seul me peut plaire,
Adieu le seul support du sceptre des Francois.
            Roger.
Adieu le seul honneur des Princes & des Rois.
            Ganelon.
Doneques il sera dit que tous ceux de Mojence
Seront disgraciez & bannis de la France,
Que i aye esté chassé, & l'amante à Roger,
Qui vint dedans ces bois Pinabel esgorger
N en aura le guerdon condigne à son offence,
Par elle ce Roger conduit a sa plaisance
Charles & tout l'estat est ores dans Paris,
Chassant d'aupres du Roy tous les plus fauoris,
Ie commande a baguette, & moy qui soulois estre
Le premier pres le Roy, & qui soulois paroistre
Entre les Caualiers, comme cet œil des Dieux
Paroist sur les clartez des flambeaux radieux,
Ie reste mal voulu, & la maudite race
De ce perfide Aymon s'en orgueillit d'audace,
Ie creue de despit desirant de venger
Mon exil mal'heureux aux despens de Roger,
Du puissant Rhodomont la mort le glorifie

Et de l'eftat Francois, tout en tont il fe fie,
Mais quoy i'y ay pourueufur l'efchine des eaux
Les vents ne vont pouffant les virvoltans vaiffeaux
Auec tant de rigueur, & de force enragée
Que ie fuis agitté, que mon ame vengé
N'aille s'efiouiffant aux defpens des Francois,
Aux defpens des cruels qui font que ie recois
Cet exil importun.

Aufeaulme.

Mais pourquoy ie te prie
Gannes affliges- tu de la façon ta vie ?
Quels deffeins importuns rebrouillent ton cerueau
Tu as dedans ton cœur quelque defir noiueau,
Qui te ronge l'efprit ?

Ganelon.

Sus, fus, Comte Anfeaulme,
Ie le veux ie le puis que le francois royaume
Soit dans bref ruiné, tant d'affronts de meffaits
Qu'au Comte de Poictiers, les Palladins ont faits,
M'ont tellement efpoint, auec cefte difgrace
Que i'ay par ce Roger & par toute fa race,
Que i'ay trouué moyen en reuengeant ton fils,
De les rendre dans briefs bannis & defconfits :
I'ay trouué le moyen vengeant fut Bradamante
Qui occit Pinabel, l'vne & l'autre tourmente :
De rendre nos haineux alliez & amis,
Afin de ruiner nos Francois ennemis,

Anfeaulme.

Le Diel me fera il doncques fi fauorable
que ie voye vengas ta perte deplorable,

O mon fils Phinabel, que ie voye la mort
De ceux qui vont caufant iour & nuict noftre tort
Mais Gannes quel deffein te promet la vengeance,
Et le ruinement de toute cette France ?

Gannes.

Nagueres fut occis le Monarque d'Alger
Le braue Rhodomont par ce traiftre roger :
Or il n'eft rien refté de fa vaillante race
Qu Vlien heritier du nom & de l'audace,
Gradaffe fut tué par le compte Rolland :
Ie vois leurs heritiers maintenant affemblant
Pour venger d'vn grand cœur la perte de leurs Peres,
Voila le feul efpoir de toutes mes miferes :
Ceux cy ioignants leurs veil, leurs braues eftendarts
Ils feront fourmier deux cens mille foldats,
Viendront fur Charlemagne, & vengeront les pertes
Que leurs Peres iadis ont dans ces lieux fouffertes,
Mais ie les cunduiray par aduis, par Confeil,
Leur faifant accomplir mon defir & mon vueil.

Anfeaulme.

Mais leur as-tu mandé, o la belle entreprife.

Gannes.

I'entens de iour en iour qu'arriue mon Temprife
Qui les eft allé voir, & ie fuis bien certain
Qu'il ne viendra iamais que refponce à la main,
Refponce fans douter conforme a noftre enuie
Et qui foulagera les maux de noftre vie.

Anfeaulme.

Mais, appoint le voicy.

Ganelon.

Temprise apportez vous
Vn esperé subiect, pour finir nos courroux ?
En deux mots contez moy si les fils de Gradace
Et le grand Roy d'Arger ont en eux ceste audace
D'accorder mon party.

                    Temprise.

Monsieur, ayant laissé
Marceille & ceste Mer adjacente passé,
Le vent me fut si bon qu'en L'Isle de Lybie
I entray, laissant à droit Politmagne, Nubie,
Les Gades, l'Arrabie, & puis en seureté,
En six iours i arriuay dedans ceste Cité,
Le siege d V ien, qui absent de sa terre
Faisoit contre Rosmont vne cruelle guerre,
Ie pris langue & chemin, & montant a Cheual
M'en allay pour trouuer ce beau couple Royal :
Mais le destin voulut qu'on me print ma monture
Ainsi que ie dormois sur la gaye verdure
Me reposant lassé, la cherchant i'arriuay
Au bort d'vne riuiere, auquel lieu ie trouuay
Vn vieillard de Nocher, & dedans sa Nacelle
I y passé pour sçauoir de mon chemin nouuelle,
Quand au milieu de l'eau nous fusmes paruenus
Tels propos du Nocher lors me furent tenus :
Quiconques que tu sois qui entre dans ma Nasse,
Il faut que tu paroisse auiourd'huy à la face,
De celle qui detient, maistresse ce pays,
Peut estre tu pourras la deliurer d'ennuis,
Or ie fus donc conduit à la Princesse Alcine,
Alcine de vos maux la seure Medecine

Alcine qui vous peut tout en vn coup venger
De Charles, de Rollant, & de voſtre Roger:
Ainſi que vous ſcauez, par ſon art de Magie
Par ſon enchantement toute choſe eſt regie,
Elle voulut ſcauoir en qu'elle part i'allois,
Et ſi d'vn caualier nouuelle ie ſcauois,
Que l'on nommoit Roger qui l'auoit abuſée,
Ie luy dis a l'inſtant, ma cauſe eſtre dreſée
Vers roſmont, Serican, & Vrien Darger,
Afin de vous pouuoir par leurs forces venger,
Elle me demanda & me dit telle langage,
Amy ſi ton Seigneur a ſouffert de l'outrage
D'vn perfide Roger: & qu'il ait grand deſir
D'en auoir la raiſon, vn ſemblable plaiſir
Me point elle le cœur, retourne & luy va dire
Que luy & moy pouuons finir noſtre martyre,
Luy pour ſcauoir les mœurs, le viure des Francois,
Et moy pour ma ſcience, & mes ſorcieres loix,
Qu'il me vienne trouuer, nous conclurons ſur l'heure
Les moyens, la facon, a celle fin qu'il meure:
Ie le peux & dans bref venger du grand affront,
Qu'il dit auoir receu par tout ceux de Clairmont:
Deſpeſche dans le Pont vn Nauire s'auance
Pour te conduire en bref au royaume de France,
Et ramener icy ton maiſtre viſtement,
Afin de terminer noſtre commun tourment,
Au ſurplus donne luy ceſte miſſiue cloſe
Où eſt ma volonté entierement encloſe
Ie partis tout ſoudain, & la mer & le vent
S'accordant a mon vueil, m'ont faiſt preſentement

Arriuer deuers vous, & la Nef au riuage
Vous attend gayement pour vn si bon voyage,
Voyez donc ce qu'Alcine ores vous va mandant,
Du faict que vous allez iour & nuict pretendant.

Ganelon.

O secours opportun, o aymable fortune,
Qui fille maintenant d'vne filure brune,
La mort, le troublement, le venger asseuré
De mes cruels haineux que i'auois esperé:
Me font-il en aller ou ces flames ardantes
S'eslancent tout a plomb dessus les Garamantes,
Et bref me falut-il sur le nageux Caucas
Afin de me venger ores dresser mes pas,
I'yrois sans reculer, & chaleur, & froidure
Ne m'iroient empeschant de venger mon iniure,
Ie vois donc la trouuer, conioints ensemblement
Nous surprendrons Roger & Charles aysément.

## ACTE DEVXIESME.

Alcine.                    Escuyer.

Alcine ne pourra doncques auoir vengeance
De son amour mocqué, ny brider l'insolence
Du destin ennuyeux contre elle conspiré,
Destin qui tant de fois haineux a inspiré,
Vn mal'heureux Anglois dont le corps estroyable

La mort de Roget
Rend vne pauure Royne a lamais miserable,
Ie suis de mon pays, Astolphe qu'autrefois
En Myrrhe transformé, ie tenois soubs mes Loix,
Me priue de mon Sceptre, & faut que fugitiue
Ie suye en tous costez miserable & chetiue,
Mais pour auoir perdu mes biens & mes honneurs,
Ma Couronne, mon Sceptre auec tant de malheurs,
Encor n'est ce point la le plus cuisant outrage
Qui sans aucun repos mon pauure cœur soulage,
I'esperois dedans bref à plaisir me venger
Des infidelles tours d'vn perfide Roger
Que i'ay tant adoré, que i'ay tant aymé mesme
Que ie me suis cent fois mesprisée moy mesme
Ce traistre, ce meschant, souïllé de mes plaisirs,
Changent de iour en iour d'obiect & de desirs,
Adore les beautez des Dames les plus belles,
Puis en ayant ouy, lors il se mocque d'elles
Comme il à faict de moy, Cameleon changeant
A toutes les couleurs qui se vont approchant.

Escuyer.
Madame, que vous sert de songer à Roger.

Alcine.
Helas! ie ne le puis de mon cœur estranger.

Escuyer.
Que peuuent profiter ces songes, ces parolles,
Puis que sans nul effect elles sont si friuolles
Ne vous affligez point, peut estre quelque iour
Vous vengerez se tort qu'il fait a vostre amour,
Voste art ne mancque point, vous auez la puissance
De voller d'vn clin d'œil iusques dedans la France,

Pour trouuer Ganelon, & vous ioignant à luy
Auec voftre pouuoir vous fortirez d'ennuy;
Ii peut auecques vous dedans vos bras le rendre
Et lors que vous l'aurez, alors vous pourrez prendre
Vengeance par fa mort des eftranges forfaicts.
Que fon vollage amour & fes rufes ont faicts.

Alcine.

Faire mourir celuy qui me donne la vie ?

Efcuyer.

Quel venger maintenant vous point elle d'enuie

Alcine.

Ce n'a iamais efté pour cela mon defir
que venger par fa mort mon cruel defplaifir :
I'auois bien volonté fi ce malfieureux Prince
Qui me chaffe cruel hors ma belle Prouince
Ne fuft point arriué de gaigner tellement
Du traiftre Ganelon, l'efprit l'entendement ,
Qu'il me l'ameneroit, & en prifon fermée
Luy faire reffentir ma colere enfl .mmée,
Luy faire voir en fin fa faute, fon erreur
Et de mon amitié la cruelle fureur :
Pour auoir bien aymé me voila miferable ,
Et ie ne puis venger mon tort irreparable,
L'amour de ce Roger, quand or ie le tiendrois
Me feroit de rechef afferuir foubs fes Loix ,
O Roger, mon Roger, que ton ame contente
Viue eternellement auec ta Bradamante,
Comme Medée à faict, ie n'iray rempliffant
Ta femme & ton Palais d'vn grand feu rauiffant
Ie me contentéray feulement de l'Idée,

De ta ieûne beauté, qui dans mon cœur gardée,
Ne te peut offencer, qu'en offençant ce cœur
De ta desloyauté le mal'heureux autheur
Ie ne peux t'oublier; car dedans ma poictrine
Tes yeux ont tellement dilaté leur racine,
Qu'encor que tu me sois inconstant & leger
La haine ne se peut dans mon esprit loger.

### Escuyer.

Madame, voulez vous consommer en complaintes,
Et les nuicts & les iours, & les lumieres sainctes
Ternir par tant de pleurs, vous priuer de manger,
Ne dormir, & tousiours a ce traistre songer:
Vn mal'heur plus cuisant que cestuy vous excede,
Vn ennemy cruel vostre pays possede:
Vous courrez sur les eaux, sans guide en vostre cours,
Sans aller rechercher quelque part du secours,
Vous auez en ces lieux ares voulu descendre,
Et quoy qu'esperez vous, que pouuez vous pretendre?
De repos en ces lieux fascheux & deserrez,
Dès bestes seulement maintenant habitez,
Remontez sur la Mer & cherchez vne terre,
Qui aille dechassant le mal qui vous atterre.

### Alcine.

C'est mon plus grand plaisir qu'en des lieux esgarez
Solitaire gemir les destins irritez
Tousiours encontre moy, mais où ie suis trompée
Si mon oreille n'est par vne voix frappée,
Entens-tu ces hauts cris, va-t'en deuers le bord,
Quelque vaisseau peut estre ancré dedans ce port,
Rant de cris redoublez m'asseure de l'affaire.

Madame s'en eſt vn, il vous eſt neceſſaire,
De monter dans le voſtre & de gaigner pays
Ou l'attente ſeroit cauſe de vos ennuis
Deux guerriers ſont ſortis & dans vne fregatte,
Viennent dedans ces lieux ie vous iure a grand haſte,
Peut eſtre que ce ſont des brigands, des volleurs,
Des deſtins enuoyez pour combler vos douleurs.

Alcine.

Non, non, ie veux attendre au ſort par ma ſcience
Ie ſcauray eſchapper s'il me ſont de l'offence.

Eſcuyer.

Madame, les voicy.

Ganelon.

Tempriſe ſous le frais,
De ces proches Ormeaux repoſons-nous en paix,
Nous ſommes fatiguez des ondes furieuſes,
Qui nous ont fait ſentir leurs vagues ennuyeuſe,
Mais! qui eſt ceſte-cy.

Tempriſe.

C'eſt Alcine; ie crois,
C'eſt elle ſans douter, car ie la recongnois:
Quel accident nouueau, ceſte Princeſſe outrage,
Et qui la rend ainſi, en ce pauure équipage
Accompagnée d'vn ſeul, ha! certes les deſtins:
Se monſtrent trop cruels, trop faſcheux & mutins.

Ganelon.

Madame, qu'eſt-ce-cy quel ſuiect vous trauaille,
De ſoucis eſpineux, quel ſubiect vous trauaille,
Qui vous met en ces lieux, ſans compaignie erret:
Et en va lieu deſert, & faſcheux demeurer.

B

La mort de Roger.

Alcine.

De Royne que i'eſtois fuitiue & vagabonde
Ie pourſuis le malheur deſſus le dos de l'onde :
Sur ces ingrats ſillons plus courtois que Roger,
Et que ce ſier anglois qui me vint deſloger
Des terres, des pays, de mon obeyſſance.

Gannes.

Et quoy ? n'auons nous pas enſemble la puiſſance
De venger tant de tors Alcine aſſeurez vous,
Venez auecques moy deſchaſſez tout courroux :
I'ay des biens, des moyens, des chaſteaux & des Villes
Des Dames qui feront a voſtre vueil ſeruilles
Ie ſuis ce Ganelon qu'enuoyaſtes querir,
Par ceſtuy pour vos maux maintenant ſecourir.
Ie vous donne la main, vne pareille enuie,
De ruyner Roger me point elle la vie,
Auſſi bien comme vous car iolats enſemblemens,
Nous pouuons les François ruyner promptement,
Venez dans mon vaiſſeau & ſinglant vers la France?
Nous gaignerons dans bref Poictiers ma demeurance.

Alcine.

Allons, & que l'amour que ie porte a Roger
S'eſtouffe pour iamais afin de me venger.

Roger.            Aymon.            Bradamante.

Enfin nous auons faict qu'apres tant de iournées
Nous voyons maintenant nos peines terminées
Nous ſommes eſtablis noſtre royal eſtat
Se trouue maintenant en floriſſant eſtat,
Nos ſuiets bien aymez, me craignent, me reſpectent,
Et ma proſperité publient & ſouhaittent,

Que reste-il donc plus à cet aduencment,
J'ay faict faire en ces lieux vn tel esbattement,
Que mes vassaux contens de mes amples largesse,
Admirent ma grandeur & mes grandes caresses.

Aymon.

Mon fils qui veut regner bien & asseurément,
Doit guerdonner les siens fort liberallement,
La liberalité est requise à vn Prince,
Et principallement quand dedans la Prouince
Il entre pour Seigneur, il se doit conformer,
S'il veult par ses vassaux, en tout se faire aymer,
Aux loix de son Royaume & ne les doit enfraindre
Mais plustost il les doit comme ses vassaux craindre.

Bradamente.

Mon pere ie suis seure, & le deuez ainsi
Croire que nous ferons nos deuoirs en cecy
Nos vassaux iusques Icy, se comportent fidelles
Nous nous allons suyuant leurs honneurs naturelles
Quelque part que nos pas se portent nous voyons,
Nos subiects resiouyr & par tout nous oyons
Ou soit du Noble Estat, ou bien de la iustice,
Ou soit du populaire & dernier exercice,
Qu'on le louë de nous nos subiets & vassaux,
En nos heureux desseins se trouuent tous esgaux.

Aymon.

Vous deuez par sur tout exercer la Iustice,
Recompenser les bons & chastier le vice
De tant de desbordez le pauure soustenir
Et en paix & repos vos subiets maintenir
Ie vous tient ce propos desireux de vostre aise.

B ij

## La mort de Roger.

### Roger.

Mon cœur seroit content n'estoit le grand mal-aise
Que i' reçoy pour vous : mais qui est ce vaillant ?
Qui vient si brusquement, c'est le cousin Rolland,
O heur mesperé.

### Rollant.

Sire, Dieu vous concede
Le desir bien heureux que vostre cœur possede,
Le desir de vous voir ce regne possedant,
De voir tous ces Seigneurs, m'a faict venir ardant,
Sans aduertir mon oncle , & veuf de compagnie
I'ay voulu venir voir vostre ioyeuse vie.

### Roger.

Soyez le bien venu, que dit nostre Empereur,
Comment se porte-il.

### Rolland.

Tres-bien , mais en fureur ,
Dequoy ie l'ay quitté, nul Pallarin de France ,
Ne paroit maintenant au deuant sa presence.

### Aymon.

C'est pourquoy i'ay desir de partir promptement
Afin de l'assiner mais Rolland maintenant
Où est mon Richarder tousiours dans ma poictrine ,
Il porte la beauté de ceste fleur d'espine,
I'ay peur qu'il soit allé en Espagne pour voir
S'il aura le moyen de la pouuoir auoir.

### Rolland.

Ie ne l'ay veu du iour, pour ce voyage faire,

### Aymon.

Ameur le rend assez hastif & temeraire,

Le petit impudent, ie vais courir apres
I'attefte fi ie puis le rencontrer de pres,
Qu'il payera mes pas, ie le feray plus fage,
Euiter de rechef vn affeuré dommage.

Roger.

Mon pere ie voy bien qu'vn defir de reuoir,
La France viftement vous met en ce deuoir,
Enuers noftre Empereur.

Bradamante.

Moy, i'ay auffi enuie,
De tenir a mon pere en cecy compagnie.

Roger.

Ie feray donc tout feul, Leon s'en veut aller
Regnaut eft ia party, Rollant voudra parler,
De monter a cheual defirant la veugeance,
De fon Armet ofté.

Aymon.

Mon fils en patience,
Accordez ces depars, nous vous viendrens reuoir.

Roger.

Ie le veux, allons donc à ces departs pouruoir.

# ACTE TROISIESME.

Alcine.                    Ganelon.

Rolland.                   Roger.

## Alcine.

Qvi vit iamais fortune a la mienne femblable
Qui vit onc vne Royne en maux plus miferable
O mal'heureux amour, o rigoureux deftins,
Qui vous monftrez vers moy fi cruels, fi mutins
N'yrez vous point ceffant & touſiours voftre rage
Ira elle enfiellant mes fens & mon courage,
Bien heureuſe Didon en ton cruel mal-heur
Tu trouuas en ton mal plus que moy debon heur
Tu fus de ton Troyen feulement abufée
Et tu ne fus de luy de ça ville chaffée :
Aftolphe que i'aymois, que i'auois adoré
Qui auoit au pareil mon amour honoré
M'a mis en cet exil mais ce n'eft pas la chofe
Qui fait que dans mon cœur tant de mal-heur repofe
D'oublier mon Roger mon amour ne le veut
De luy faire du tort mon amitié ne peut :
De finir par le temps fa haine & ma fouffrance,

Ce feroit efpererifans aucune efperance
Mais voicy Ganelon.

### Ganelon.

Mais quand viendra le iour
Que vous irez vengeance Princeffe voftre amour,
Mais quand viendra le iour cefte heure fortuné
Ou fe terminera l'ingratte deftinée
De ce traiftre Roger, fus auant defployez,
Vos forts, & contre luy ores les employez
Ne le voulez vous pas n'auez vous pas enuie
De finir les tourmens qui gefnent voftre vie ?

### Alcine.

Ie veux bien me venger non de telle façon.

### Ganelon.

Comment donc aurez vous de ce traiftre raifon.

### Alcine.

Le temps l'amenera peut eftre à repentance.

### Ganelon

En vain vous vous fiez deffus cefte efperan ce.

### Alcine.

Si vn temps eft paffé vn autre reuiendra,
Et iufques dans mes mains mon fort me le rendra
Et puis le conduiray en lieu ou en toute aife
Il efteindra l'ardeur de ma cruelle braife.

### Ganelon.

Luy feul donc fentira voftre iufte fureur
Et tous les alliez compagnant fon horreur,
Vengeront deffus vous cefte cruelle iniure.

### Roger.

Ie m'en guarantiray en vne chartre obfcure,

Sans qu'aucun le cognoiſſe & en ſoit aduerty
Ie verray ſi ſon cœur peut eſtre diuerty,
De l'obiect qui le tient.

Ganelon.

Mais pouſſons dans la France;
Ces Princes animez pour prendre la vengeance,
De ces ambitieux, qui ont cherché touſiours
De rendre vers le Roy miſerable mes iours
Qui ont, qui ont tant faict, par ruſes & praticques
Qu'ils ont mis a effect leurs volontez iniques.

Alcine.

Roger eſt en Bulgarie, & de la France loin.

Ganelon.

Roger aſſiſtera la France en ſon beſoin.

Alcine.

Vlien & Roſmont ne ſont pour entreprendre
Ces dangereux exploits, ny a la fin les rendre.

Ganelon

Ne vous ſouciez point qu'ils viennent ſeulement,
Ie les aduertiray de tout fort dextrement,
Regnault eſt en Eſpagne & le Comte d'Aglante,
Rolland d'autre coſté ſans profit ſe tourmente,
Pour auoir ſon Armee tandis, qu'il n'y ſont pas
Que ces Roys animez dreſſent icy leurs pas,
Qui ſouſtiendra la France encontre leurs gens d'armes,
Contre mes trahyſons, & contre tant de charmes.
Non, non Alcine, non, voila le ſeur moyen
Pour ruiner l'Eſtat, il faut à Vlien,
Raffraichir de Roger l'oſience paternelle,
Roſmont ſe ſentira de la mort trop cruelle,

De son cher geniteur par le fer de Rolland,
Vous les verrez tous deux d'vn effort violent
Marcher a nostre vueil, leur soudaine descente
De Roger, de Regnault & du Prince d'Aglante:
N'aduertira l'oreille, & s'il est autrement:
Vne dissention de cet entendement,
Fera tant susciter de querelles Cruilles,
Que vous ne verrez point ses forces inutiles
Doncques resoluez-vous, de vistement venger
Les effort, de Regnault, de, Rolland, de Roger
T'emprise conduira tellement cet outrage,
Que vous verrez la fin du mal qui nous outrage.

Alcine.

I'ay vne Damoiselle accorte qui sçaura,
Moyennant cét effect, ainsi qu'elle voudra
Allons luy despescher sa lettre de creance,
Et sur elle mettons du tout nostre asseurance.

Ganelon.

Despeschons le desir que i'ay de me venger,
Me faict & nuict & iour, à cet effect songer.

Rolland.

L'amitié de Roger, m'a iusques a ceste heure
Faict faire dans ces lieux vne longue demeure,
Pource qu'il est tout seul, mais il est ores temps
D'endosser le harnois mon plus doux passe temps
Pour chercher mon volleur, qui en tous lieux qu'il aille
Se vante da m'auoir osté en la bataille
Mon Armet enchanté, si ie le puis tenir:
Nous verrons s'il pourra ce qu'il dict maintenir
S'il pourra resister au trenchant de la lame

Qui luy fera partir du corps la meschante amé
Mais i'appercois le Roy qui d'vn soin viollent
Se va sans nul repos de trauaux trauaillans
Ie sçay bien ce que c'est, la belle Bradamente
Ores de ceste Cour depuis vn peu absente,
L'attriste en la façon, mais il m'a entendu
Sire, n'ay- ie touché dans le but pretendu,
Vostre esprit attristé de ma Cousine absente
Ne trouue en ce cartier subiect qui le contente.

### Roger.

Ie ne puis autrement qu ores vous confesser,
Que c'est la le subiect qui me vient oppresser :
Mais qui vit exempté d'amour & de ces flames
Et vous pour quel subiect endossez vous vos armes.

### Rolland.

Si ie requiers de vous vn congé maintenant
Ce n'est point pour aller terminer mon tourment,
Seruant & poursuiuant vne cruelle Amante
Mais pour venger l'affront dont Ferraque se vante
De m'auoir combattant procuré cet affront,
Que m'auoir arraché l'armet que i'euz d'Almont
Ie ne puis endurer plus long-temps cet outrage.

### Roger.

Puis que vous le voulez en faisant ce voyage,
Si vous allez trouuant Richarder empeschez
Ses effects dangereux dont ses sens font touchez.

### Rolland.

Sire, ie le feray adieu donc dans peu d'heure,
Vous verrez mon retour en ce vostre demeure
Si ie l attrape vn coup, il payera mes pas,

Et mon armet vollé caufera fon trefpas.

Roger.

Adieu mon cher coufin, adieu que la fortune
Ne vous foit a iamais fafcheufe & importune,
Mon royaume afleuré en ce nouuel abord,
Me fera quelque iour courir le mefme fort.

Ganelon.                              Alcine.

Alcine c'eft trop peu que ces deux braues princes,
S'en viennent ruiner ces Francoifes Prouinces
raifons mourir Roger qu'allons nous plus tardant,
Mon cœur a cet effect eft fongeux & ardant:
Vos fors peuuent finir voftre amere triftefle,
Et me donner au cœur vne extreme liefle,
Si i'auois comme vous la force & le pouuoir
Ie le tiendrois def-ja captif de mon vouloir.

Alcine.

Trouuez vous qu'a tuer Roger qu'il foit facille
Quand a moy ie le trouue en tout fort difficille
Car tandis qu'il aura fur le dos le harnois
Et Balifarde en main il nous donna les loix:
Il fe guarantira de mort & de triftefle,
De luy pouuoir ofter cefte trop grand fimplefle
Qu'y penfer feulement, mais bafte puis qu'il faut
Succomber maintenant à ce cruel aflaut,
Aflaut que vous donnez a ma loyalle flame,
Il faut que ton mal-heur, o mon heur ie te trame,
Il faut, i'y fuis contrainête il conuient a ce iour
Que i'aille defliant des prifons de l'amour:
Mes efprits enchaifnez & qu'a fureur honnefte
I'aille ores procurer ta ruyne & ta perte,

O Roger, mon Roger.

Ganelon.

Roger qui à mocqué
Voſtre amour, & qui Aſtolphe prouoqué.

Alcine.

Cil que i'ay tant aymé.

Ganelon.

Celuy lequel ſe vante,
D'auoir iouyr de vous.

Alcine.

Ha! leſdain qui me tente,
Sors ne m'affilige plus, touſiours touſiours ie veux
Dreſſer a ce Roger, mes plaintes & mes veux.

Ganelon.

Et vous verrez touſiours qu'en mocquant voſtre flame
Roger vous donnera du toũrment & du blaſme,
Il vous a meſchamment & voſtre amour trahy,
Et ap... d'anglois voſtre eſtat enuahy:
S'... pour ... regard des nompareilles armes,
Vous ... ez contre luy la puiſſance des charmes.

Alcine.

Contrainte de ma foy de vous aller vengeant,
Ores à ce deſſein mon cœur ſe va rengeant
Ie le mets en vos mains, ſes armes excellentes
N'empeſcheront l'effet, de vos bonnes attentes:
Me changeant en Regnault au moyen de mon ſort,
Et vous en richarder par vn ſoudain tranſport:
D'vn Demon qui me ſuit, nous irons en Bulgare
Afin de luy rauir ceſte armure ſi rare,
Quand il aura perdu ſes armes, nous aurons

Les effects importuns qu'ores nous defirons ;
Il a toufiours fur luy fon armure trempée,
Qui fut au grand Troyen & au cofté l'efpée :
Faicte par Falerine, & ainfi nous changeant
Nous les defroberons puis nous irons vengeant
Auec contentement nos iniures paffées ,

Ganelon.

A luis donné du Ciel, allons doncques pouruois
A ce que nous puiffions deffous noftre pouuoir
De tenir ce Roger, ce perfide, ce traiftre :
Faictes ce qu'auez dit , & vous aurez toufiours
Gannes pour effacer le chagrin de vos iours.

## ACTE QVATRIESME

| Alcine, | Regnault. |
|---|---|
| Ganelon. | Richarder, |
| Anfeaulme. | |

### Alcine.

COurage Ganelon, puis que ie fuis contraincte
De ruiner du tout cefte douceur empraincte
En mon cœur par l'efpoir de quelque iour renger ,

La mort de Roger

A mon affection ce perfide Roger ,
Le tort que i'ay receu estoit irreparable
Et ne meritoit point ma grace fauorable,
Mais mon cœur tourmenté par les feux de l'amour :
Mettoit en tout oubly de ce Roger le tour ,
Vous seul vous contraignez vne pauure amoureuse
De monstrer maintenant sa rage furieuse,
Helas ! cruel Astolphe, hé pourquoy par le son
Du cornet priues tu seulement de maison :
La miserable Alcine, hà tu deuois a l'heure
La priuer de la vie ainsi que de demeure,
Helas ! ie ne serois contrainte maintenant,
Par les cruels desirs & le contentement :
De Gannes, de chercher le subiect la maniere
De priuer mon Roger de vie de lumiere,
Ie vous obeiray Ganelon , mais les Cieux,
I'atteste maintenant que mon cœur furieux :
De tant d'affronts receuz n'auoit oncques enuie :
De priuer maintenant mon Roger de la vie.

                    Ganelon.
Sa douleur non la vostre ores de vous se plaint.
                    Alcine.
Ie me plains de mes maux, & de mon cœur cótrainr
                    Ganelon.
Ce n'est point vous forcer puis que c'est vostre offence ,
Et quoy approuuez vous sa cruelle inconstance,
Que si vous l'approuuez dictes vn peu pourquoy,
Vous auez engagé a ce faict vostre foy ,
Pourquoy iusques icy les choses sont passées ,
Puis que ces cruautez sont de vous effacées,

Vous auez voftre corps en Regnault transformé,
Vous m'auez aupareil en Richarder formé,
Pourquoy l'auez vous faict fi ce n'eftoit pour prendre
Vengeance de vos torts & fes armes furprendre
Voftre foy m'eft donnée, à ces difcours font vains
Et ne doiuent en rien clamer tant de defdains.

Alcine.

Ton Roger.

Ganelon.

Mais pourquoy reclamez vous ce traiftre ?

Alcine.

Helas ! faut-il.

Ganelon.

Et quoy ?

Alcine.

Helas! faut il donc eftre,
Caufe de fes mal-heurs ?

Ganelon.

Il à caufé vos maux,
Pourquoy n'irez vous point prrourant fes trauaux
Rompez tous ces refpects, haftons noftre voyage
Et vengeons promptement & l'vn & l'autre autrage,
Mais, Alcine allons toft : il me tarde beaucoup,
Que mes mains n'ont def-ja executé ce coup
Que nous n'auons def-ja ces valleureufes armes :
Afin de voir l'effect, le bon heur de vos charmes,
Mais comment irons nous.

Alcine.

Mettez vous en ce lieu,
Et que nul de vous deux ne reclame fon Dieu,

Ou ie n'auois pouuoir de maintenant parfaire
Ce qu'a ce beau voyage, il est fort necessaire
Puissant Demorgogon de qui i'ay le pouuoir
Enuoye dans ces lieux quelqu'vn a mon vouloir,
Ie tout obeyssant, que pendant ce voyage:
Il aille executant l'entier de mon courage.

### Ganelon.

Roger est le premier de tous nos ennemis
Quand nous l'aurons sous nous captiuement soubmis
Nous viendrions bien à bout des autres en peu d'heure
Mais nous faisons icy trop & trop de demeure.

### Alcine.

Allez faire brider, mes demons sont dedans
Et auec grand desir ils vont vous attendant.

### Roger.

Vef d'amis de parens, en terres esloigrées
Ie conduis maintenant mes fascheuses iournées
Desplaisant en moy-mesme & tousiours soucieux
En tenebres viuant esloigné de mes yeux,
De mes yeux mes soleils, dont la lumiere absente:
Faict qu'amoureux ie vis en extreme tourmente,
Trop long-temps en la nuict ie vois trainant mes iours
Leue toy mon soleil & commence ton cours,
Reuiens en ces cartiers, ou nul bien ne reside
Si ton œil amoureux & diuin ne preside
Ie veux que mes subiets se contentent de moy,
Et que i'aille esprouuant leur nompareille foy,
Que cent mille douceurs accompagnent ma vie,
Regnault en ce pays nul plaisir n'associe,
Mes plaisirs absentez & comme l'vsurier

Ne peut a nul plaisir son cœur appropriet,
Absent de son thresor ainsi dedans mon ame
Ie ne recois plaisir esloigné de ma Dame
Depuis son partement encor quelque douceur,
Contentoit mon esprit & esgayoit mon cœur,
Rolland estant icy : mais depuis son absence
Mon esprit a reptins sa premiere souffrance,
Mais qui sont ces deux-cy.

Alcine. Regnault. Gannes. Richardet.

Alcine.

O Amour, ô cruel,
Qui afflige mon cœur d'vn soin continuel.
Helas ! voila Roger, Roger mon esperance.
                    Ganelon.
Alcine à quel subiect ores vostre esprit pense.
                    Roger.
Voicy venir Regnault qui Richardet ameine,
Il a souffert pour luy maint trauail, mainte peine,
Soyez les biens venus mes freres & les Cieux
Vous soyent en tous effects plaisans & gracieux.
                    Alcine.
Frere cet impudent m'a tant donné la chasse
Qu'vn repos asseuré de long temps ie pourchasse
L'Espagne là portoit ses temeraires pas
Ne se ressouuenant du desastreux trespas
Qu'il auoit encouru ny la mort, ny la flame
Qui se vit preparer en seruant ceste Dame
                                        C

Ne l'auoit effrayé.

Roger.

Richarder vous auiez
Trop de temerité d'autant que vous fçauiez
Que courriez a la mort pour cefte fleur d'Efpine :
Ie vous confefferay qu'on ne peut a Cyprine,
Ny à fon fils Amour refifter nullement,
Et que l'on eft aueuglé en ce plaifant tourment?
L'amour n'eft point vn vice en foy vituperable
Mais il conuient qu'il foit en tous temps raifonnable,

Alcine.

Helas! que de tourment ie fouffre fans raifon,
Et la raifon me vient gefner en la façon,
Cruel qui me forcez.

Ganelon.

Mon frere ie vous prie.

Roger.

Amour m'alloit gefnant de femblable furie
Mais ie fus r'appellé foudain à la raifon,
Et ie me deliuray de la fiere prifon
Ainfi que l'Itaquois, le cauteleux Vliffe,
Delaiffa fur le bord d'Ogige fa Galipfe,
I'ay delaiffé Alcine, & ainfi la trompé
Et vint trouuer icy cefte Penelopée
Qui de peur de fauffer fa promeffe iurée,
Amufoit fon Amant en fes feux affeurée,
Mais c'eft trop difcouru, plus fage maintenant
Moderez de ce feu le dur contentement,
Vous auez encouru la mort & fans ma lame,

Vous fuſſiez conſommé par l'Eſpagnolle flame,
Fleur d'Eſpine vous hait, & ne vous aymant point
Ne vous voulut ſauuer alors a ce beſoin,
Pluſtoſt vous accuſe, puis voſtre parentage
Vous veult donner en France vn riche Mariage
Allons nous repoſer, voicy venir la nuict
Qui ſes brunis courriers par l'Horiſon conduict.

Rolland.

Malheureux eſt celuy qui porte en ſa poictrine,
Les rageans eſguillons de l'enfant de Cypriue ,
Malheureux qui combat deſſous ſes eſtendarts ,
Plus malheureux cent fois qu' vn forcat miſerable
Qui va ramant le dos de Neptune implacable
Quiconque va ſeruant vne ingrate beauté ,
Qui ayme les effects de ſa legereté ,
Il eſt plus mal-heureux que la miſere meſme ,
Combien me ſuis-je veu en ceſte peine extreme ,
Mais i'en ſuis deliuré , & mon plus grand deſir
Eſt de chercher par tout mon plus grand deſplaiſir ,
Mon volleur effronté lequel ſe glorifie
De mon Armet vollé, & au deſtin ſe fie,
Il eſt temps de chercher vn logis maintenant
Ou durant ceſte nuict ie ſois commodément.

Alcine.                                    Ganelon.

Alaine.

Helas! qui vit iamais vne chetiue Amante
Auoir en ſon eſprit tant & tant de tourmente
Que le mien en ſupporte, helas en mes trauaux

Que sçaurois- je esperer que des tourmens nouueaux,

### Ganelon.

Pourquoy vous transformant en ceste estrange forme
O es ce faux fabricet tellement vous difforme
Que m'auez vous promis pourquoy tant de respects
Rendent ainsi mes sens de vostre vueil suspects à
Vous m'auez amené dessoubs vn sainct langage
Afin de me liurer ores dans le seruage
De mon fier ennemy hà vous m'auez pipé,
Et par vos fins appas vous m'auez attrapé
Cauteleuse Acheloise, ha ie seray Vtile
Qui me veult guarantir d'vne telle malice
Redonnez moy ma forme & tout seul me laissez
Secourir les trauaux dant mes sens sont pressez.

### Alcine.

Sus, malheureux demon, sus mal'heureux approche
Va t'en tout promptement sur l'Olympide roche
Apporte moy de l'eau qui du sommet i'allit,
Gianes voicy Roger est couché dans son lict :

### Ganelon.

Vous enuoyez querir de l'eau, mais pourquoy faire
Que vous peut proffiter ceste eau en cét affaire
Voila tout son harnois, & son espée aussi ,
Il faut tout desrober & s'en aller d'icy ,

### Alcine.

Ie veux faire autrement, ceste armure enchantée,
Et ceste belle espée en ces mains redoutée,
Yront perdant leur force & sans les enleuer
Nous serons asseurez & nous pourrons sauuer
Sans encourir meschef.

Ganelon.

Mais quoy c'est vne excuse
Afin de pallier finement voltre ruse,

Alcine.

Non, i'atteste l'amour, quand ces armes seront
Trempée dans ceste eau, elles demeureront
Foibles comme papier, & lors que ceste espée
Sera dedans cet eau auec charmes trempée,
Du premier coup iettée elle s'ira rompant,
Et le pauure Roger de son effect trompant :
Mais voicy mon demon, sus Gannes que l'on trempe,
Ces armes par trois fois pour en rompre la trempe,
Mouillez trois sois l'Estoc.

Ganelon.

Or Alcine c'est faict,
Si ces charmes sont vrays me voila satis-faict,
Ainsi sans encourir de sa perte diffame,
Tout tu premier estoc qu'ira donnant sa lame
Elle le brisera & son luysant harnois
Qu'on ne pouuoit percer, le sera ceste fois,

Alcine.

Mais ie l'oys déualler, partons ceste iournée,
Si tost qu'il nous aura la science donnée.

Ganelon.

Le voicy.

Alcine.

O amour, que ne m'est-il permis
De secourir l'ardeur de mes feux ennemys.

Roger.

Mes freres, quel soucy si matin vous esueille,

Gannes.

Le defir d'aduertir la paternelle oreille
De ces foudains effects nous prefle de partir.

Roger.

M is enuoyez quelqu'vn qui pourra l'aduertir,
Demeurez quelque temps.

Alcine.

Ie defire moy-mefine
Luy monftrant Richarder finir fon dueil extrefme.

Roger.

Soit comme vous voudrez, auant qu'il foit vn an
Ie defire d aller vous voir a Montauban,
Venez auecques moy & quand aurez enuie
Vous irez delaiffant la court de Bulgarie.
Venez, ie vous donneray letures pour voftre fœur,
Pour mon pere, & auffi pour le noble Empereur,

## ACTE CINQVIESME.

*Ganelon en son habit. Le Comte Anseaulme.
Alcine en son habit. Roger. Temprise
en autre habit que le sien.*

### Ganelon.

OV soit le Soleil esclairé Cassagalle,
Où se plonge le chef en l'onde Occidentale,
Où soit en plain midy quand ses cheuaux fumeux
Se trouuent au plus hault des Erhetides Cieux,
Ie sens ce grand Vaultour ce Serpent de l'enuie
De voir finir en bref de ce Roger la vie,
Me becqueter le cœur Alcine que fais-tu ?
Ce n'est ce n'est assez que d'auoit abbatu
Son puissant ennemy, il fault que l'on'le tuë
De peur que contre nous son bras de s'éuertuë
Madame c'est raison, c'est raison voirement
Que vous vous deliuriez de ce fascheux tourment
Que ie vois vous gaigner, rompez tant de remises
Et de fascheux delais, & vsez de mains mises,
Vengez vous du cruel qui vous faict tant de mal:
Faictes luy ressentir son effort desloyal,
Auec heureuz succez l'affaire commencée

La mort de Roger
Me promet vne fin en mon esprit penser
Qui me rend asseuré, qui vous doit asseurer,
Et vous voir indomptable en vos maux demeurer,
Si vous voulez sa mort pour guerdon, pour vengeance,
I'en sçay le vray moyen, & ...; la puissance.

Alcine.

Si vous auez moyen de ruiner Roger
Faictes le sans vouloir de sa mort m'engager.

Ganelon.

Sans vous ie ne sçaurois accomplir cet affaire,
Vostre art peut accomplir ce qui m'est necessaire.

Alcine.

Que l'on vienne blasmer alcine de sa mort.

Ganelon.

Vous ne serez coulpable en rien de cét effort.

Alcine.

Dictes donc vistement ce qu il faut que ie face.
Afin de procurer son entiere disgrace.

Ganelon.

Nous auons destrampé ses armes tellement
Qu'elles se briseront au premier tranchement;
Afin que ne soyons blaimsz de ceste faute
Il faut, il faut vser de preudyance caute,
Au nom de l'Empereur il luy faut sans tarder
La mort d'aucuns des siens par Missiues mander,
Mais plustost que sa femme est malade à l'extreme,
Luy qui d vn sainct Amour la cherit, prise & ayme,
Receuant le mandat de Charles tout soudain
Il hastera le pas & cherchera le train
Le plus court pour gaigner ce Ro... le de France,

Pour aborder Paris de Charles demeurance,
Nous nous embufquerons deux cent dedans ce bois,
Et fans qu'il ayt alors ny Lance, ne harnois
Pour refifter aux coups & pour bien le deffendre,
Nous pourrons fans trauail noftre vengeance prendre
Qui fçaura cét effect, qui nous empefchera
Veu que dans noftre efprit ce faict fe cachera.

           Alcine.

De Charles ie n'ay veu le feing ny l'efcriture,
Il cognoiftrera bien auffi toft la figure.

           Ganelon.

Non, non tenez dequoy, imitez moy ces traicts,
Et les feings & les fceaux feront viftement faicts,
Falcifiez le feing, lors que i'eftois en France
De l Empereur chery ayant toute puiffance
Ie fis faire deux fceaux qui ores feruiront
Et le feing contrefaict en tour piperont
Imitez feulement tresbien ce carractere,
Et ne vous fouciez le refte ie veux faire
Ie l'executeray d'vne telle façon
Que vous aurez en bref de vos maux guarifon
Et pour ofter du tout le doute en l'entreprife
Il faut que vous changiez en Terige Temprife:
Efcuyer de Rolland lequel luy portera
La lettre contrefaicte & nous l'amenera
Dans nos pieges tendus & fans craindre fes armes
Rompuës par l'effort de vos fors & vos charmes
Nous vous irons vengeant.

           Alcine.

Hà Dieu ! que de malheurs,

La mort de Roger
Qui me peut apporter en mes maux de bon heur.
Roger.

Si mon ame ponuoit estre de peur atreinte
Elle pourroit auc ir maintenans quelque crainte
Le soleil ia sortoit ce matin de ces eaux,
Afin de commencer ses iournaliers truaux:
Qu'vn sommeil m'a repris, vn songe fantastique
Assiegeant mes esprits d'horreur melancolique
M'est venu tourmenter, me sembloit que i'estois
Seulet sans compagnie en l'espesseur d'vn bois,
Et en la trauersant par sentes non battuës,
Des loups & des Lyons de leurs griffes poinctuës,
Et de leurs grands crochets m'assailloient a l'instant
Ie mis l'estoc en main au milieu me iettant
De leurs cruels efforts: mais vn coup que ie ruë
Iusqu'aupres de la croix ma lame s'est rompuë,
Leurs griffes & leurs dents entrent facilement
Dedans ceste Cuirasse, & trop cruellement
Me percent en cent parts, m'atterrent & de peine
Ie m'esueille en sursaut, hors & priué d'haleine,
Ie me fusse estonné, & ie m'estonnerois
Si la crainte pouuoit m'esclauer soubs ses loix:
Elle viendra me voir & reconioints ensemble,
Mais voicy Rolland d'Escuyer ce me semble
C'est Terige pour vray, Terige quel soucy
Ve faict chercher Rolland en ceste terre cy?

Temprise en Terige.
Ie ne cherche grand Roy le Cheualier d'Aglante,
Vn malheur furent à vostre Bradamante
Me faict venir icy.

Roger.

Vn malheur, hà grands Dieux,
Qu'auons nous donc commis de si pernicieux
Pour attirer sur nous vos rages furieuses ?

Temprise.

Qui se peuuent parer, encores que douteuses,
Si le Ciel de sa main ne va fauorisant
Ce que l'humain cerueau trouue bon & duisant :
Malade seulement est vostre chere amie,
Toutes fois vn chacun dele spere de vie
Veu le mal qui la tient, Charles le Roy des François
Vous le mande en ces mots ainsi comme ie crois.

Roger.

Mon ame, mon support, seul pilier où ie fonde,
Tous les plaisans desseins que i'esperois au monde,
Tu vas te ruinant, si tu m'oste ton œil,
Mourant tu vas ostant mon ame, mon Soleil,
Charles me va mandant que si i'ay quelque enuie
De voir encor vn coup Bradamante ma vie ,
Que ie haste mes pas, car elle est en danger,
O destins ennemis, o desastreux Roger,
Mais Aymon y est il, & toute sa famille ?

Temprise.

De son sang il ny a dans Paris que sa fille.

Roger.

Sçail il cét accident ?

Temprise.

Ie crois qu'il ne sçait rien.

Roger.

De peur de m'amuser ie me garderay bien,

D'aller à Montauban, qu'on scelle en diligence.
Frontin, & toy qui as des chemins cognoissance
Allons par le plus court.

Temprise.

En passant par Poictiers
Nous serons dans paris auant six iours entier

Ganelon. Alcine. Anseaulme.

Ganelon.

Sus Alcine courage allons, c'est chose seure
One Roger passera par ce bois dans peu d'heure,
En busquons bien nos gens à l'entour de ce bois
Deux cens hommes armez tous prest a nostre voix
Se ietterons sur luy espions, prenons garde.
Qu'il ne s'aille sauuant de nos mains par mesgardé.

Alcine.

Il faut donc mon roger que mon inuention
E mes forts soyent iettez a ta perdition,
O malheureuse moy, Alcine infortunée
Te sert au lieu de vie, ores de destinée,
T'est & sert d'vne Parque, ha qu'il me voudroit mieux
Que ne puis-je mourir, & que n'est ma iournée
Par la cruelle mort comme vne autre bornée,
Ie ne verrois ta mort, o roger mon amour
Ie n'ytrois point causant la perte de ton iour

Ganelon.

En vain vous regrettez de ce traistre la perte,
Son infidelité est assez descouuerte
Et son cœur desloyal de fureur enflammé.

A par trop vostre nom & honneur diffamé.

Anseaulme.

Roger est dans ce bois, & ia des-ia sa vie
Eust esté par mes mains cruellement rauie,
Mais ie n'ay pas voulu, ie veux que dans ces lieux
Ou l'on a perpetré ce meurtre furieux
De mon fils Pinabel, qu'il perde la lumiere.

Alcine.

Ie t'atteste grand Dieu & toy belle escumiere
Auec ton cher enfant que c'est contre mon vueil
Qu'on enuoye Roger maintenant au cerueil.

Ganelon.

Guettons donc en ces lieux sus valeureux gés darmes
Ne craignez son estoc ny ses brillantes armes,
Rien ne peut contre vous, Alcine par ses sorts.
De son harnois trempé à rompu les efforts.

Anseaulme.

Le voyez vous venir, sus, sus, enfant courage.

Alcine.

Ie vois à mon regret ta mort & ton outrage.
O Roger, mon Roger, il conuient que mes yeux
Voyent contre mon gré cet effort furieux.

Roger.          Temprise.

Nous sommes esgarez, recherchons nostre sente.

Temprise.

Non loin de ce chasteau le chemin se presente.

Roger.

De qui est ce beau fort ?

Temprise.

Du Compte de Pontiers.

Roger.

Allons & regaignons nos esgarez sentiers
Mais qui font ces guerriers ?

Ganelon.

Traiftre Roger , demeure,
Voicy, voicy le iour qu'il conuient que tu meuré
Des mains de Ganelon , Roger voicy le ionr
Qu'Alcine vengera par ta mort fon amour.

Roger:

Gannes tu as manty; ie ne fus iamais traiftre,
C'eft toy mefme mefchant qui as traby ton maiftre,
Mais ce iour tu mourras, ny tes vaillans effort s,
Ny de cefte beauté les charmes & les forts,
N'empefcheront ce iour que tout ton parentage
Ne fente de mes coups la tempefte & l'orage,
Mon efpée eft rompuë; o aftres mutinez
Mes iours font a la mort maintenant deftinée,
Mon harnois eft percé, grand Dieu recois mon amé.
Ie ne peux refifter, priué d'harnois, de lame.
Ie fuis de tous coftez cruellement bleffé,
Pardonne moy grand Dieu, ie t'ay bien offencé.

Ganelon.

Son efprit enuollé nous rend fon corps fans force :
Mais quel efclair foudain coup fur coup fe renforce?

Alcine.

Ce font cruel autheur de la mort de Roger,
Prefages trcs- certains que Dieu le veut venger.

Ganelon.

Puis que ie fuis vengé que fortune ennemie
Eflance tout mefchef maintenant fur ma vie,

## Tragedie Françoise.

Le plus grand ennemy que i'auois soubs les cieux
N'ira plus paroiſſant au deuant de mes yeux,
Et Rolland & Regnault auec tous leurs complices
A la fin tomberont dedans mes precipices
A tour pour me venger, & mes inuentions
N'iront donnant le but de mes inuentions,
Et ie ſuſciteray entr'eux tant de querelles,
Que tout le parentage & douceurs fraternelles

### Anſeaulme.

Puis que Roger eſt mort,
En la mort de mon fils ie trouue du confort :
Ses manes ſatisfaiets repoſent en lieſſe
Puis que roger Mary de la fiere traiſtreſſe
Qui l'occit en ces lieux perit cruellement :
Maiençois bien aymez chantont ioyeuſement :
C'ét effect me promet vne yſſuë proſpere
De mes intentions, ſur l'eſigeance vipere
Qui nous a tant troublez ſur tous ceux de Clairmont
Qui ont touſiours cherché noſtre mort, noſtre affront.

### Fin de la Tragedie.

Ie chante la beauté & l'eſprit admirable,
    Receptacle d'honneur & des perfections
    Où i'addreſſay mes vœux & mes deuotions,
    Et de tant de vertus la perte deplorable.

www.ingramcontent.com/pod-product-compliance
Lightning Source LLC
Chambersburg PA
CBHW061711180626
46818CB00003B/1354